VIOLETTE
CACAHUÈTE
DIABOLO
MAÎTRE DES TÉNÈBRES
DÉMON
(MAL) CACHÉ
OUPS

W0281635

Merci au Cerbère de la Porte et au Maître des Clés.

Lapuss'

Merci à Lapuss', William, Ulysse, Popix, Charlotte et toute l'équipe d'Hachette.
Sans oublier, le plus important, le chocolat noir noisettes entières !

Tartuff

LAPUSS'

TARTUFF

DIABOLO & cacahuète

hachette
ENFANTS

Comme tous les jours à la même heure,
le diable assiste à son spectacle favori :
regarder ses petits démons piquer des fesses.

Mais aujourd'hui,
il est plus morose que d'habitude.

Il décide alors de faire appel à son champion :
une bête venue du fin fond des âges,
et endormie dans les entrailles du monde…

Surgissant dans un déluge de pierres et de lave brûlante, le gigantesque monstre fait son apparition.

Ça fait mille ans
que je m'ennuie,
il me faut un spectacle
digne de ce nom.

Tu vas remonter à la surface
et faire peur aux humains.
Je veux qu'ils tremblent
comme dans leurs pires
cauchemars !

Obéissant au doigt et à l'œil, le démon géant se rue vers le passage pour le monde d'en haut.

Mais à peine a-t-il franchi le portail
que tout ne se passe pas comme prévu...

Mes muscles, mes si beaux muscles ! Où sont-ils ?!

Oooh ! Un petit chiot dans ma chambre, trop mim's !
Qu'est-ce que c'est que cette horreur ?

En quelques minutes, l'énorme bête est câlinée et chouchoutée comme il se doit !

Traumatisé par tous ces changements, le désormais petit démon décide de faire appel à son maître.

En quelques secondes, le diable, ou ce qu'il en reste, arrive lui aussi chez les humains.

C'est moi, maître ! Il y a un problème avec le portail, c'est sûr.
C'est une catastrophe. Tu es un petit chien atrocement mignon !
Eh ! Vous êtes devenu une sorte de vieille souris boulette, je vous signale !

Le hamster-diable ne peut pas rester comme ça.
Il décide de retourner dans les tréfonds de la terre
pour trouver une solution.

J'ai une super nouvelle ! Papa et maman sont d'accord pour que tu restes.
Par-fait ! Ça sera plus facile pour tout démolir.

Mais avant tout, tu as besoin d'un bon bain !
Hein, quoi ? Pas la peine, j'en ai déjà pris un il y a un siècle.

Trop petit pour se défendre,
le chiot-démon est bien obligé d'obéir.
Mais il pense déjà à un plan
pour se venger !

À peine sorti du bain, le petit toutou
met son plan à exécution !

Oh ! Les cubes !
Salut, dentifrice !
Adieu, coussin !

Un vrai petit démon de la taille d'une cacahuète !
Ben oui !

Eh ! Mais ça me donne une idée. Je vais t'appeler « Cacahuète » !
Comment oses-tu ? Vipère !

De son côté, le grand maître prend la décision
de retourner sur terre pour aider son champion...

Tu n'es plus seul, champion !
Je viens à ton secours !

C'est ça, riez !
Mais si la mocheté vous voit, vous prendrez le thé avec miss Huguette et moi...
HAHAHA !

Oooh ! Un tout petit hamster rigolo !
Hein ?
Avec tes petites oreilles en pointe, je vais t'appeler « Diabolo » !
Tu vas m'appeler « Seigneur des Ténèbres », comme tout le monde !

Fatigués par cette journée,
Diabolo et Cacahuète décident de se reposer.
Ils réfléchiront à un nouveau plan demain !

DANS LA MÊME COLLECTION :

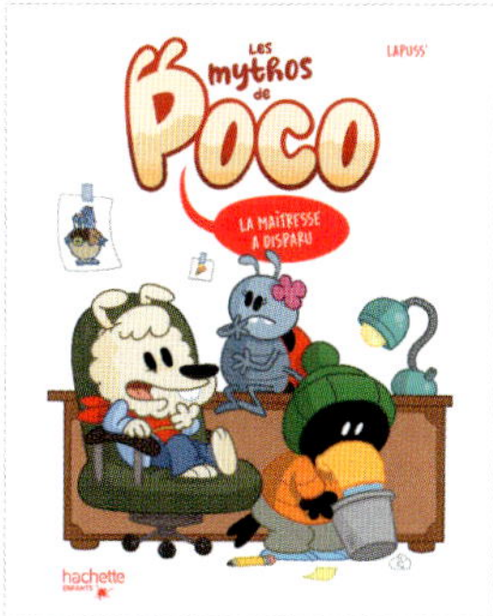

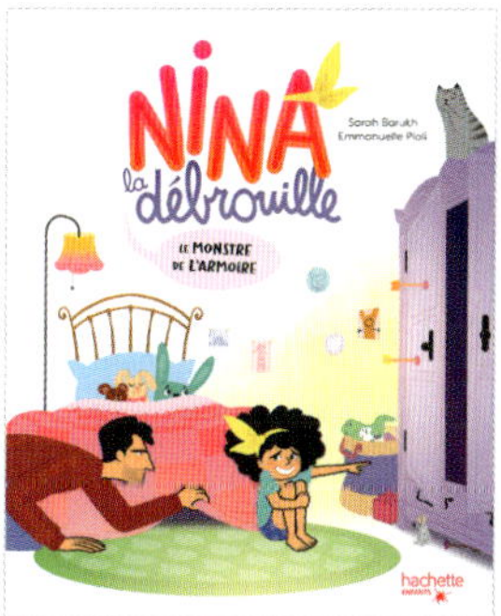

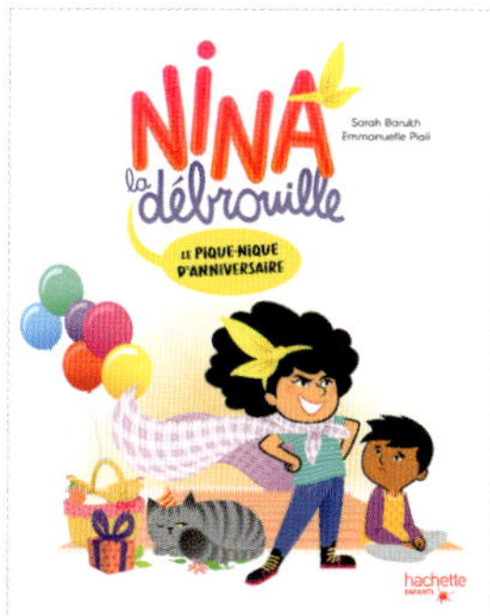

Directrice : Sarah Kœgler-Jacquet
Directrice éditoriale : Brigitte Leblanc
Responsable artistique : Pauline Agopian
Fabrication : Marie-Pierre de Clinchamp
Correctrice : Marion Vergnolle

© 2024, Hachette Enfants / Hachette Livre pour le texte et les illustrations.
58, rue Jean Bleuzen – 92178 Vanves CEDEX
ISBN : 978-2-01-727903-7 – Dépôt légal : septembre 2024 – Édition 01.
Achevé d'imprimer en France par Pollina en septembre 2024.
Loi n° 49-956 du 16 juillet 1949 sur les publications destinées à la jeunesse.

LE CHEF